I0546501

LA

RÉACTION

DEUXIÈME LETTRE

A S. A, I. LE PRINCE NAPOLÉON

Ancien Ministre de l'Algérie.

PAR

CLÉMENT DUVERNOIS.

Il y a quelque chose de pourri dans le
Royaume de Danemark.   (Shakespeare).

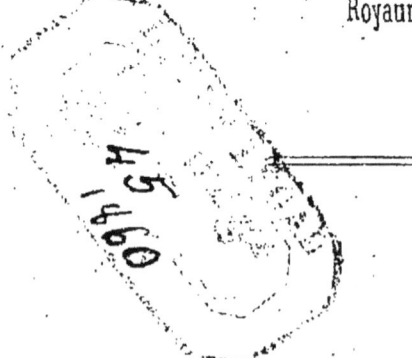

ALGER

CHEZ PÉZÉ, IMPRIMEUR-ÉDITEUR, RUE DE LA FLÈCHE, ET

AU BUREAU DE L'ALGÉRIE NOUVELLE.

L⁸k
695

LA RÉACTION

L h
69

LA

RÉACTION

DEUXIÈME LETTRE

A S. A, I. LE PRINCE NAPOLÉON

Ancien Ministre de l'Algérie.

PAR

CLÉMENT DUVERNOIS.

Il y a quelque chose de pourri dans le
Royaume de Danemark.   (Shakespeare).

———

ÂLGER
CHEZ PÉZÉ, IMPRIMEUR-ÉDITEUR, RUE DE LA FLÈCHE, ET
AU BUREAU DE L'ALGÉRIE NOUVELLE.

LA RÉACTION

PRINCE,

Il y a dix-huit mois à peine que je vous ai adressé ma première lettre, et quelle distance pourtant entre la situation d'alors et la situation d'aujourd'hui !

Alors l'Algérie pleine d'espérance tournait vers vous ses regards, et poussait un long soupir de soulagement. Il lui semblait qu'elle secouât enfin une oppression de vingt-huit années ; elle croyait que, livrée à elle-même, débarrassée des entraves du passé, elle allait agir, prospérer, vivre.

Alors ma lettre s'appelait: la *réorganisation*,

c'est-à-dire la vie nouvelle, la marche vers l'avenir.

Aujourd'hui l'Algérie découragée enregistre une déception nouvelle ! les désillusions succèdent aux désillusions ! les hommes du passé reparaissent aigris par une attaque vaine ! comme le génie du mal, ils planent avec orgueil sur les ruines de votre œuvre, sur les débris de nos espérances. Vos amis eux-mêmes faiblissent, et ceux qui ne faiblissent pas se découragent, car ils se demandent, inquiets, quel ouvrier fera la tâche que vous n'avez pas achevée.

Aujourd'hui ma lettre s'appelle : la *réaction*, c'est-à-dire la mort après le réveil du léthargique, le recul vers le passé.

Voilà, Prince, où nous en sommes dix-huit mois après votre arrivée au pouvoir.

Si je viens troubler vos loisirs pour vous signaler cette situation, ce n'est pas sans raison, car vous êtes moralement responsable de tout le mal qui se fait, vous le seriez de tout celui qui pourrait se faire.

Vous en êtes responsable vis-à-vis de l'opinion publique, car c'est au nom du Programme de Limoges que nos adversaires détruisent une à une toutes les parties de l'édifice commencé.

Vous êtes responsable devant l'histoire, car un homme d'Etat, à moins d'être vaincu, — et ce n'est pas votre cas, — n'a pas plus le droit d'entreprendre une œuvre sans l'achever, qu'un architecte n'a celui de laisser une maison sans toiture, exposée aux pluies de l'hiver.

Vous êtes responsable envers l'Algérie, car vous lui avez fait des promesses qu'elle ne demandait pas, car vous avez dit à Marseille :
« **Mon honneur est engagé à la solution de la question algérienne.** »

Par cette phrase, par cette seule phrase, vous nous avez donné le droit de vous demander compte de nos libertés détruites, de votre Programme déchiré, de nos espérances déçues.

Ce n'est pas nous d'ailleurs, Prince, qui sommes allé vous chercher au fond de votre retraite pour vous amener au pouvoir. Courbés sous un jong pesant, nous attendions le jour de la réforme, mais nous l'attendions sans lui donner de date. Pauvres ilotes, nous étions faits au lit de Procuste qu'on voulait bien nous laisser; nous y étions mal, mais enfin nous en avions pris l'habitude, et nous nous étions disposés en conséquence.

Mais un jour, votre inaction vous a pesé; il vous a paru qu'il y avait quelque chose à faire en Algérie; il vous a semblé qu'il était possible de transformer en une valeur réelle ce pauvre pays qui ne semblait être encore qu'un fardeau pour la France. Cette tâche laborieuse, cette œuvre féconde vous a souri et vous êtes venu à nous.

L'Algérie qui n'osait pas compter sur une telle bonne fortune l'a acceptée avec reconnaissance, et vous savez si, pendant plus de huit mois elle a cessé un seul instant de vous montrer son dévoûment et sa gratitude; vous savez si elle a accepté avec une foi sincère vos promesses de chaque jour; vous savez enfin si, après votre retraite, elle a trouvé, malgré son découragement, assez de force pour vous témoigner ses regrets, assez de courage pour imposer silence à vos détracteurs.

Convenez-en, Prince, si l'Algérie vous doit quelque chose pour les instants que vous avez consacrés à l'étude de ses intérêts, vous lui devez bien quelque chose aussi, à elle, en échange de la sympathie, de la confiance qu'elle vous a témoignées.

Vous l'avez si bien compris vous-même, après votre démission, qu'en réponse aux adresses de nos amis, vous avez fait de nouvelles promesses. Vous n'avez pas hésité à dire que l'Algérie pouvait encore compter sur vous et que le Programme de Limoges serait respecté.

Vous avez mieux fait que de le dire, vous l'avez écrit, vous l'avez fait publier, et pourtant de toutes vos promesses, de toutes vos mesures, de tout votre Programme que reste-t-il aujourd'hui ?

Jetez un seul regard sur l'Algérie et vous le saurez.

Vous avez créé les Conseils généraux ;

Leurs vœux les plus importants ne sont pas pris en considération.

Vous avez créé des sous-préfet ;

On les laisse sans arrondissements.

Vous avez entamé le territoire arabe en y permettant les transactions immobilières;

On rétablit le fameux obstacle continu en interdisant ces transactions.

Vous avez établi le principe sacré de la responsabilité individuelle ;

On le méconnaît.

Vous avez promis l'extension du territoire civil ;

On l'ajourne.

Vous avez proclamé la suprématie du pouvoir civil;

On la subalternise.

Vous avez amoindri les bureaux arabes ;

On les exalte.

Vous avez créé la liberté de la presse ;

On l'entame quand elle s'attaque à vos ennemis, on la respecte lorsqu'elle vous attaque.

Ainsi de tout ce que vous avez dit, rien n'a été confirmé ; de tout ce que vous avez fait, rien n'a été respecté ; de votre passage au pouvoir aucun indice ne reste que la désillusion pour nous et la rancune de nos adversaires.

Et pourtant, remarquez-le bien, Prince, jamais la nécessité d'agir n'a été aussi impérieuse, car jamais la situation économique du pays n'a été aussi désespérée.

Dans les villes, les faillites succèdent aux faillites; interrogez à ce propos les rapports du Président du tribunal de commerce d'Alger.

Dans les campagnes, la propriété rurale est avilie ; faute d'un crédit sagement installé, les colons sont rongés par l'usure; faute de routes carrossables, ils vendent leurs productions à vil prix ; faute de terre et d'eau, les cultures s'appauvrissent.

Partout, en un mot, l'on souffre du présent et l'on frémit en songeant au lendemain, car le lendemain c'est peut-être la faillite, la ruine, la misère!

Il y a donc péril grave et grave péril, comme disait naguères un homme d'Etat, et la gravité des circonstances justifie, je le crois du moins, la démarche que je tente auprès de vous.

Ce n'est pas, du reste, en mon nom personnel que je vous adresse la parole, et si je n'hésite pas à vous tout dire, c'est que j'ai avec moi les six mille hommes qui vous ont rappelé par deux fois, l'Algérie tout entière qui vous désire, qui vous attend.

C'est au nom de ces hommes que je viens vous dire, Prince, que vous n'avez pas le droit de nous abandonner, que vous ne pouvez laisser sans appui le pays qui a foi en vous seul. C'est aussi en leur nom que je viens vous conter ce qui s'est passé depuis votre retraite.

Votre retraite, vous ne l'ignorez pas, avait causé, dès l'abord, une sensation profonde dans notre pauvre pays : c'était malheureusement un pressentiment de ce qui devait advenir.

Cependant, on répétait avec espérance que

votre honorable successeur avait été choisi par vous, que vous-même l'aviez désigné à l'Empereur, et l'on attendait qu'il se prononçât. Bientôt il annonça son arrivée à Alger et il y vint en effet.

C'était bien débuter.

Depuis longtemps un aussi haut personnage ne s'était pas dérangé pour l'Algérie ; depuis longtemps on avait coutume de nous mener à grandes guides de Paris et nous commencions à en prendre notre parti. Vainement on vous avait attendu : les circonstances s'étaient mises en travers de vos bonnes intentions.

C'était donc à tous égards une bonne fortune pour votre successeur que de venir ainsi parmi nous le lendemain de son arrivée au pouvoir.

Mais il faut y prendre garde, les tournées officielles ont leurs dangers ; si elles sont parfois un enseignement, elles sont aussi parfois une source d'erreurs, et jamais un Ministre en tournée ne devrait oublier les villages de Potemkin.

Malheureusement, M. de Chasseloup-Laubat n'avait pas présent à l'esprit cet épisode de 'histoire de Russie, comme vous allez voir.

Les bonnes gens d'Alger et des environs s'attendaient toutes à voir le Ministre et chacun avait son petit attirail de réclamations préparé pour la circonstance ; elles s'imaginaient qu'un ministre est visible comme tout le monde, comme par exemple vous l'étiez durant votre passage aux affaires.

M. le Ministre, que je crois bien intentionné au fonds, n'eût peut-être pas mieux demandé que d'entendre tout le monde, et s'il lui eût fallu écouter quelques bavardages, il lui fut arrivé aussi de prendre bonne note de choses utiles et sérieuses.

Mais ce n'était point l'affaire de la bureaucratie, des administrateurs militaires et des gens qui se disent gens d'ordre, sans doute, parce que c'est du désordre qu'ils ont toujours vécu. Dès le jour de son arrivée, M. le Ministre fut choyé, fêté, entouré par tout ce monde: quant au public, on lui laissait le droit de payer les violons, comme cela a lieu d'ordinaire en pareille occurrence.

Bref, tel qu'il a été fait, le voyage de M. le Ministre peut se diviser en trois dîners principaux.

Si encore ces trp sioîners avaient été offerts, l'un par des agriculteurs, l'autre par des commerçants, le troisieme par des industriels, ils n'eussent pas laissé que d'être assez instructifs. Mais point, car l'étiquette ne le veut pas ainsi, et les contribuables ne sont admis aux dîners officiels qu'exceptionnellement, — sans doute parce qu'ils en font les frais.

Le premier dîner fut donné par M. l'Evêque;

Le second, par M. le Préfet;

Le troisième, par M. le Général.

A tous ces dîners, mêmes invités, mêmes discours, par conséquent, et vous, pensez sans doute, Prince, que ces discours n'étaient pas hostiles à l'ancien ordre de choses, puisque ceux qui les tenaient sont tous ses créateurs.

Pour être juste, et pour tout dire, je dois ajouter que M. le Ministre utilisa ses *entre-diners* par deux petites promenades : l'une à Blidah, l'autre à l'Arba. C'était une heureuse occasion pour un Ministre d'essayer les routes algériennes ; aussi, l'administration prit-elle ses précautions, et les ornières furent-elles soigneusement remplies de rameaux recouverts de terre, ce qui est très-solide, paraît-il.

Mais, on ne peut tout prévoir, et, si le voyage à Blidah se fit sans encombre, le second faillit avoir une tout autre issue, et donner au monde surpris le scandale d'un ministre noyé dans un torrent vulgaire.

Arrivée au gué de Constantine, sur l'Harrach, la voiture versa ou faillit verser, et, sans le Dieu protecteur des ministres, tout s'en allait à vau l'eau.

Cet incident instructif a dû fournir à M. le Ministre un magnifique champ de réflexions sur l'utilité des ponts, en général, et des ponts sur l'Harrach, en particulier.

Mais, je n'insiste pas sur cette affaire, Prince, car j'ai hâte d'arriver au dénoûment.

Un beau soir, la population apprit que M. le Ministre, rappelé par dépêche télégraphique, était parti vers deux heures. On était parvenu à isoler tellement le Ministre des Algériens, qu'ils ne s'étaient même pas aperçus de son départ.

Vous devinez aisément, Prince, quelles devaint être les conséquences d'un voyage accompli dans de pareilles conditions : elles dépassèrent toutes les craintes du pays.

Vous aviez autorisé les européens à acquérir des propriétés en territoire arabe; c'était entamer le territoire des tribus, commencer la fusion des hommes et des intérêts. Un décret préparé à Alger suspendit cette autorisation, et, désormais, le territoire des tribus est redevenu inaccessible aux européens qui ont le tort d'y voir trop clair.

Vous aviez supprimé la responsabilité collective, cette mesure sommaire qui frappe des innocents sans faire trouver les coupables. Une circulaire datée d'Alger vient la rétablir, ou peu s'en faut.

Puis le ministère resta dans l'inaction, épuisé sans doute par cet effort.

C'est alors, Prince, que circula à Alger la seconde pétition qui demandait à l'Empereur votre retour aux affaires. La population algérienne comprenant que la situation s'aggravait, comprenant aussi que si M. le Ministre ne faisait pas davantage, c'est parce qu'il était entravé, demandait au souverain de rendre le pouvoir à l'homme qui avait mérité notre confiance, au Prince qui avait seul assez d'influence pour surmonter les obstacles et les briser.

Accueillie unanimement par les Algériens, la pétition a réuni plus de six mille signatures en quelques jours, et cette manifestation légale allait prendre des proportions inouïes, lorsque tout-à-coup elle fut arrêtée.

Pendant les jours qui suivirent et par une coïncidence bizarre, le Ministère parut avoir retrouvé son ancienne activité. C'est alors que fut décidée la continuation des travaux de terrassement sur la ligne de Blidah.

Le public, blessé quelque peu dans ses sentiments pour vous, ne désespérait pas encore cependant, et il comptait sur la session prochaine des conseils généraux pour amener quelques réformes. On savait que M. Géry, notre préfet regretté, avait préparé de nombreux documents ; on savait qu'il était en mesure de proposer aux Conseils des décisions importantes. Mais voici que, juste au moment où le Conseil allait se réunir, M. Géry est rappelé à Paris.

Depuis le départ de ce fonctionnaire si bien choisi par vous, les Algériens ont clairement compris que la religion de M. le Ministre avait été trompée, et le découragement s'est propagé avec d'autant plus de rapidité que d'autres circonstances se joignaient à celle-là.

Ainsi, le bruit s'était répandu depuis quelque temps, à Alger, que le service de la police avait pris un caractère nouveau. Jusque-là, il ne s'était occupé, en Algérie, que des questions de balayage et d'ordre public ; le gouvernement avait parfaitement compris que

l'Algérie, ne pouvant avoir sur la France au-
cune action politique, il était inutile d'y donner à la police une surveillance politique. Or,
l'on prétendait que cette sage réserve avait été
abandonnée ; on affirmait que des rapports
quotidiens étaient adressés à Paris sur telles
ou telles personnes, et parmi les hommes sou-
mis à cette surveillance, on citait des personnes
considérables par leur position, et d'une ho-
norabilité notoire.

Je n'ai jamais voulu croire à ces faits, malgré
la persistance des affirmations qui m'arrivaient ;
mais c'est trop pour l'administration que d'ê-
tre ainsi soupçonnée. Vous comprenez sans
peine, Prince, quelle perturbation une pareille
croyance dut jeter dans notre population. A
la plus mauvaise époque du régime militaire,
on avait échappé à l'inquisition ; maintenant,
on est convaincu, ici, que la surveillance oc-
culte est organisée, et, comme dit Beaumar-
chais : la peur du mal donne le mal de la
peur.

Une autre circonstance était encore venue

accroître la méfiance générale. Le commandant
des forces de terre et de mer avait été remplacé par un officier, très-estimable, sans doute,
mais qui, sous votre ministère, s'était démis
d'un commandement important, à la suite de
plusieurs conflits.

Donner ainsi de l'avancement à l'honorable
général qui avait lutté contre vous, cela semblait, au public, une approbation de sa conduite passée. Les paroles qu'il prononça dès
son arrivée, ses menaces contre la presse, ses
diverses proclamations n'étaient pas de nature
à calmer les appréhensions. Aussi, son arrivée
à Alger fut-elle considérée comme un symptôme de réaction, et l'on crut retrouver dans ses
discours le ton impérieux et tranchant des
anciens gouverneurs-généraux.

Mais je laisse ce sujet pour vous signaler
une autre cause bien plus importante de méfiance et de plaintes.

Vous savez, Prince, avec quelle vigueur l'administration a poussé les colons à accroître
sans cesse leurs cultures de tabac, j'ai tou-

jours protesté pour ma part, contre ce fait, car je préfère les conseils de l'expérience individuelle aux encouragements de l'administration Quoi qu'il en soit, la Régie avait acheté jusqu'ici les tabacs algériens à des prix et d'après un classement qui laissaient un large bénéfice au colon.

Tout à coup, cette année, et sans avis donné en temps utile, la Régie a modifié et son prix et son classement, de telle sorte, que les agriculteurs ont reçu de la Régie 10, 20, 30 ou 40 pour cent de moins qu'ils n'espéraient.

La plupart, vous ne l'ignorez pas, opèrent au jour le jour, et vivent de crédit jusqu'à leurs récoltes ; si la récolte manque, ils ne peuvent payer, et alors le commerce reçoit un contre coup terrible des malheurs de l'agriculture. C'est ce qui vient d'arriver cette fois encore. Ruine des colons, ruine du commerce, voilà ce que la Régie a fait d'un trait de plume et ce que M. le Ministre n'a pas su empêcher.

De tout ce que vous nous aviez donné,

Prince, une seule chose restait à peu près intacte : la liberté de la presse.

Sûr de vos intentions, vous ne craigniez pas qu'elles fussent discutées : il ne vous semblait pas que votre dignité fût blessée parce qu'on ne partageait pas toutes vos opinions, parce qu'on ne disait pas *amen* à toutes vos paroles. Vous ne demandiez qu'à être éclairé et vous vous réserviez de discerner, au milieu des discours de la presse, les choses sérieuses des bavardages inutiles, les enseignements profitables, des vaines déclamations.

Il ne vous était pas permis de donner à la presse algérienne les garanties légales qui manquent à la presse de la métropole. Vous le désiriez sincèrement, j'en suis certain, mais si vos bonnes intentions dans ce sens étaient paralysées, vous donnâtes du moins à la presse toutes les garanties dont vous disposiez.

Jusque là, il suffisait d'un simple arrêté préfectoral pour avertir et suspendre les journaux : vous comprîtes sans peine que c'était faire trop bon marché de la presse, et ce fut alors que parut votre fameuse circulaire.

Par cette circulaire, vous réserviez à vous seul le droit d'avertir les journaux, et jamais une seule fois vous ne répondites par un avertissement ou par un avis officieux aux insinuations perfides dont vous étiez journellement l'objet.

Ainsi ferait votre successeur, tout le monde devait le croire, car si vous, Prince, vous n'étiez pas trop grand seigneur pour entendre la vérité, il semblait qu'un simple ministre ne se soustrairait pas à ce devoir.

On fut vite détrompé.

Bientôt, en effet, les avis officieux vinrent inquiéter les journaux et leur apprendre que les temps étaient changés. Un moment même, je me crus obligé de quitter un journal progressite, dont ma plume compromettait l'existence.

Récemment, enfin, une circulaire ministérielle a rendu aux Préfets leur ancien pouvoir.

Tandis que les journaux libéraux mettaient des sourdines aux plaintes légitimes de la population, les organes de la réaction redoublaient d'insolence.

Aujourd'hui, c'est ouvertement qu'ils peuvent vous attaquer, c'est ouvertement qu'ils peuvent injurier et dénoncer les hommes les plus honorables s'ils ont eu le tort d'avoir été distingués par vous, c'est sans pudeur que ces marchands d'injures viennent jeter l'insulte à la face de notre population, parce qu'elle a la force de vous regretter et de protester, votre Programme en main, contre tout ce qui peut se faire de contraire à ses intérêts.

Et tandis que ces feuilles sont l'objet de la reprobation unanime, tandis que, récemment encore, tous les corps constitués d'Alger voulaient se réunir pour protester contre les diatribes de l'une d'elles, ne croyez pas que l'administration leur soit hostile.

Non, c'est à elle que s'adressent de préférence les communications officielles; sa rédaction est faite en bonne partie par des fonction-

naires publics qui signent leurs articles ;enfin,
c'est l'intervention de M le Préfet qui a récemment arrêté la protestation des corps constitués.

Le public, du reste, est tellement convaincu
qu'il existe une solidarité entre l'administration locale et les feuilles qui nous insultent
tous, qu'on fait circuler un bruit absurde, ri-
dicule : on assure que M. le Préfet a proposé
pour la croix l'insulteur en chef d'une de ses
feuilles.

Voilà, Prince, ce qui se passe.

Vous le voyez, la réaction contre les ten-
dances progressistes se manifeste de toutes les
façons et en toute occasion.

Que ce soit en vertu d'un parti pris de M. le
Ministre, je n'ai garde de le dire : je crois que
ce haut fonctionnaire n'est pas exactement
renseigné, je crois, en un mot, qu'on lui fait
faire de la réaction, comme M. Jourdain faisait
de la prose, sans le savoir. Mais, le mal n'est
pas moindre pour cela, la situation n'est pas

moins tendue, la réparation n'est pas moins nécessaire.

Prince, je vous le dis avec sincérité, et tout le monde ici pourrait vous le répéter, si la situation actuelle se prolonge, le pays est perdu, complètement perdu.

Nous n'avons pas de terres;
Nous n'avons pas d'eau;
Nous n'avons pas de crédit;
Nous n'avons pas de route;
Nous n'avons pas de droits;
Nous n'avons pas de liberté.

Et, quand nous demandons à l'administration qu'elle nous donne les moyens de coloniser, puisqu'elle nous a fait venir pour cela :

On nous injurie;

On nous dit que nous sommes des révolutionnaires;

On nous désigne aux gendarmes;

On nous dit que la population algérienne est composée de voleurs et de femmes perdues;

Si nos magistrats nous donnent raison confre de telles injures, on injurie nos magistrats.

Et ceux qui nous insultent, ceux qui répondent à nos plaintes légitimes par la dénonciation, le sarcasme et la calomnie, ceux qui traînent dans la boue les hommes que nous aimons à honorer, ceux-là ont pour collaborateurs avoués, des sous-préfets, des chefs de bureau à la préfecture, des fonctionnaires publics ;

Les généraux leur donnent la primeur des nouvelles pendant la guerre ;

Les préfets les protégent contre les justes flétrissures des corps contitués ;

En un mot, les bergers hurlent avec les loups contre le troupeau qui paie et n'en peut mais.

Aussi, le troupeau diminue, Prince, il diminue rapidement et sera bientôt réduit à néant, si l'on n'y met bon ordre.

Cette année, on a fait un recensement dont les résultats n'ont pas encore été publiés. Pourquoi cette lenteur ?

Est-ce négligence ?

Est-ce pudeur ?

Je ne sais. Mais ce que tout le monde sait bien, c'est que la population, au lieu d'augmenter par l'immigration, a diminué par l'émigration de plusieurs milliers d'ames.

En présence d'un pareil fait, dira-t-on que j'exagère le mal, que je suis un pessimiste?

Non, Prince, non je n'exagère rien, j'atténue plutôt, croyez-le bien, car les faillites, les expropriations, les ruines, les désertions le disent assez haut.

Si encore nous avions une arme légale pour nous défendre ; si nous avions des droits politiques, nous essaierions de lutter. Alors, nous enverrions auprès des Préfets des conseillers généraux qui les avertiraient, qui les exhorteraient, qui discuteraient le budget et le réviseraient.

Nous enverrions à Paris des députés qui diraient au pays ce que je vous dis dans cette lettre, et le gouvernement, éclairé par la colonie elle-même, pourrait aviser.

Mais non ! rien pour lutter légalement, ni les droits politiques qu'on nous dénie, ni la presse dont chaque jour on serre un peu le bâillon. Partir ou mourir, voilà notre lot.

Enfin, Prince, la souffrance est telle, qu'on en arrive à regretter le régime militaire pur.

Oui, Prince, devant ces bourgeois qui jouent au militaire, qui font sonner leurs éperons, qui sacrent et pestent contre nous, pour se donner un air belliqueux, en présence de ces bureaucrates transformés en autocrates, on se prend à regretter le sabre de M. Bugeaud.

« Le régime militaire nous tuait d'un coup, me disait l'autre jour un colon, le régime mixte nous tue à coups d'épingle : c'est plus long, mais c'est plus douloureux. »

Nous laissera-t-on dans cette position intolérable? Je ne puis le croire et c'est pour cela que je viens m'adresser franchement à vous, le cousin du chef de l'Etat, qui avez assez d'influence pour nous obtenir un changement de politique.

Qu'on ne dise pas que l'Algérie est une mendiante qui réclame sans cesse sacrifices et subventions.

Non, l'Algérie ne demande pas une obole pas un denier : elle a de quoi se suffire.

Avec les impôts actuels bien établis, bien perçus, elle a de quoi parer et au-delà à ses dépenses ordinaires.

Avec ses terres, ses forêts, ses mines, elle a de quoi emprunter et de quoi subventionner des compagnies.

Avec les emprunts qu'elle peut réaliser, elle aura de quoi transformer ses torrents en moyens d'irrigations, décupler la production du sol en le rendant irrigable, augmenter les ressources du budget en taxant l'usage des eaux.

Avec des compagnies, nous aurons des chemins de fer, des mines exploitées, ce qu'ont déjà toutes les colonies anglaises, ce que nous serons seuls bientôt à ne pas avoir.

Ce n'est donc pas de l'argent que nous demandons à la France;

Ce n'est pas non plus la protection admi-
nistrative que nous réclamons. Pour nos pé-
chés, nous n'avons été que trop protégés, sub-
ventionnés, comprimés.

Ce que nous demandons , c'est qu'on nous
vende les terres nécessaires à la colonisation
et qu'on nous les laisse administrer à notre
guise.

C'est que les Européens ne paient pas de
contributions cinq ou six fois plus fortes que
les Arabes ;

C'est que, lorsqu'on laisse aux autres la
liberté de l'injure, on respecte pour nous la
liberté de discussion ;

C'est que sous prétexte que deux arabes
pourraient un jour échanger des coups de tri-
ques sur un marché, on ne place pas toute
l'Algérie sous un régime exceptionnel ;

C'est que ceux que nous payons pour nous
administrer, ne nous administrent pas des
injures.

Vous le voyez, nous n'attaquons pas le gouvernement, nous sommes gens d'ordre et non

de désordre mais nous voulons ne pas payer ceux qui nous battent, et nous avons même la prétention de n'être plus battus.

Je conclus, Prince.

Vous avez essayé de nous débarasser du régime militaire qui avait fait son temps puisque la guerre était finie, et qui était incompatible avec la colonisation.

Le temps vous a manqué pour achever votre ouvrage, vous n'avez pu que l'ébaucher.

Aujourd'hui on démolit votre œuvre pièce à pièce, en assurant qu'on la continue. On enlève la toiture, sous prétexte de disposer les tuiles, on détruit les fondations sous prétexte de les réparer.

Puis, quand l'édifice aura croulé en engloutissant la colonisation sous ses ruines, on vous accusera : vous l'architecte, d'avoir mal conçu vos plans, de les avoir imprudemment appliqués.

Déjà l'on vous accuse tout haut, croyez-le bien.

Pour votre honneur donc, Prince, et pour

nôtre salut, vous devez nous aider à sortir de l'ornière.

Vous qui seul le pouvez par votre position, vous qui seul en avez le droit, à cause de ce que vous avez fait, vous devez aller trouver le chef de l'Etat et nous servir près de lui d'interprète.

Vous devez lui dire, s'il l'ignore, que l'Algérie se meurt, que la seule colonie française qui ait une importance considérable est ménacée de ruine, et vous devez lui demander la permission de la sauver.

Si vous aviez remis votre portefeuille à propos d'un dissentiment relatif à l'Algérie, je ne vous ferais pas cette demande ; mais il n'en est point ainsi, et, sans rien sacrifier de votre dignité, vous pouviez accepter, soit dans le Conseil modifié, soit en dehors du Conseil, une position qui vous remettrait le gouvernement de l'Algérie et des Colonies.

Vous pouvez donc prendre un parti, Prince, mais prenez le vite, car le pays se meurt et la mort n'attend pas !

J'ai l'honneur d'être,

avec respect,

Prince,

votre très-humble serviteur.

CLÉMENT DUVERNOIS

X 128 X

www.ingramcontent.com/pod-product-compliance
Lightning Source LLC
Chambersburg PA
CBHW060858180626
46818CB00004B/1752